Tiomnaím an leabhar seo dár ngarchlann -
Oscar, Seán, Éabha, Lilí, Saibh agus Róise

Uair dá raibh, bhí táilliúir beag ann arbh ainm dó Taidhgín.
Bhí sé ina chónaí leis féin i dteach beag cois farraige, achar maith ón
mbaile mór. Thaitin an fharraige go mór leis agus shuíodh sé
go minic sa doras, ag fuáil agus ag breathnú ar na tonnta a bhíodh
ag briseadh ar an trá.

Ní raibh mórán daoine sa bhaile mór a d'ordódh culaith uaidh, ach
dhéanadh sé go leor cótaí, fada agus gearr, agus cuid mhaith brístí.

Bhí dóthain oibre aige agus bhí sé sásta leis an saol, gan dúil ar bith
aige sa saibhreas.

Tháinig an drochshaol, faraor. Theip ar na barraí agus ar an iascaireacht, de bharr drochaimsire. Ní raibh bia ná deoch fairsing agus bhí éadaí agus airgead gann.

Agus toisc go raibh na daoine bocht, ocrach, ní raibh siad ag ordú cótaí ná brístí ó Thaidhgín an Táilliúir níos mó. Go deimhin, bhí Taidhgín é féin beo bocht anois, ar nós gach duine eile.

Lá amháin, bhí Taidhgín ina shuí sa doras agus a lámha díomhaoin, de cheal oibre. Bhí an mhuir ag éirí agus ag titim agus ag lonradh faoin ngrian. Bhí dath gorm éadrom ar an spéir agus bhí na roilligh bheaga ag rith anonn is anall ar an trá.

Go tobann, chonaic Taidhgín fear mara, óg dathúil, ag éirí as an bhfarraige. Bhí ionadh an domhain air, mar nach bhfaca sé a leithéid riamh cheana.

Go tobann chaith an fear mara beart isteach ar an gcladach. Síoda ola den scoth a bhí ann. Ansin, ghlaoigh sé amach:

"A tháilliúirín, a tháilliúirín, a fhirín bhig liath,
déan domsa cóta, agus déan é gan mhoill."

"Mmm… maith go leor, a dhuine uasail," arsa Taidhgín agus iontas air, "ach cá bhfios dom an tomhas?"

"Déanfaidh dhá oiread do thomhais féin an gnó," a deir an fear mara agus meangadh gáire ar a bhéal, "agus tiocfaidh mé á bhailiú seacht lá ón lá inniu."

"Ach cé mhéad a íocfas tú liom, a dhuine uasail, as an obair seo?"

"Cé mhéad?" a deir an fear mara, agus cuma ghruama bhagrach air.

"Is daoine santacha sibhse, muintir na talún. Íocfaidh mé pé méad a shílim a bheith oiriúnach… b'fhéidir níos mó, b'fhéidir níos lú."

Leis sin, shnámh sé amach sa bhfarraige agus d'imigh sé as radharc.

Gan a thuilleadh moille, chrom Taidhgín ar an obair.

Ní raibh a leithéid de chóta riamh ann. Bhí bóna agus liopaí agus pócaí air. D'úsáid an táilliúir an spól deireanach den snáth mín a bhí aige chun na poill chnaipe a dhéanamh, agus cnaipí péarlacha de chuid a shin-sheanmháthar.

Ball éadaigh maisiúil, galánta a bhí ann, a bheadh oiriúnach do phrionsa, d'fhéadfá a rá.

Níor thuig Taidhgín cén fáth a mbeadh cóta ag teastáil ó fhear mara, agus é cleachtaithe ar an sáile, de ló is d'oíche.

Seacht lá ina dhiaidh sin, bhí Taidhgín ina shuí sa doras agus an cóta ar a ghlúine aige. Bhí an ghrian ag taitneamh agus an fharraige ciúin geal. Tar éis tamaill siúd chuige an fear mara.

"An bhfuil mo chóta réidh agat, a tháilliúir?" a d'fhiafraigh sé.

"Tá, muise," arsa Taidhgín, "tá sé réidh go deimhin. Ach inis dom an méid seo, cén fáth a bhfuil fear mara ag iarraidh cóta?"

Rinne an fear mara gáire. "Nach cuma leatsa?" ar seisean. "B'fhéidir go bhfuilim le pósadh ann."

"Má tá, ní fhéadfá cóta níos deise, dea-dhéanta a fháil," arsa Taidhgín, agus é á chasadh timpeall chun an maisiú a thaispeáint. "Ach cogar, cá bhfuil mo chuid airgid?"

"Airgead?" arsa an fear mara, "ní bhíonn airgead ag muintir na mara."

"B'fhéidir, ach tá a fhios acu cén áit len é a fháil," arsa an táilliúir glic, "níl le déanamh agat ach cuid de na longa briste ar ghrinneall na farraige a chuartú. Bíonn ór agus clocha luachmhara iontu. Níl uaimse ach mo cheart, bíodh a fhios agat!"

"Íocfaidh mé thú le sliogáin," a deir an fear mara, "ach tabhair dom mo chóta anois."

"Íoc mé i dtosach," arsa Taidhgín, "agus féadfaidh tú é a thógáil leat ansin."

"Is liomsa an cóta sin," a deir an fear mara agus cantal ag teacht air. " Nach mise a thug an síoda duit len é a dhéanamh."

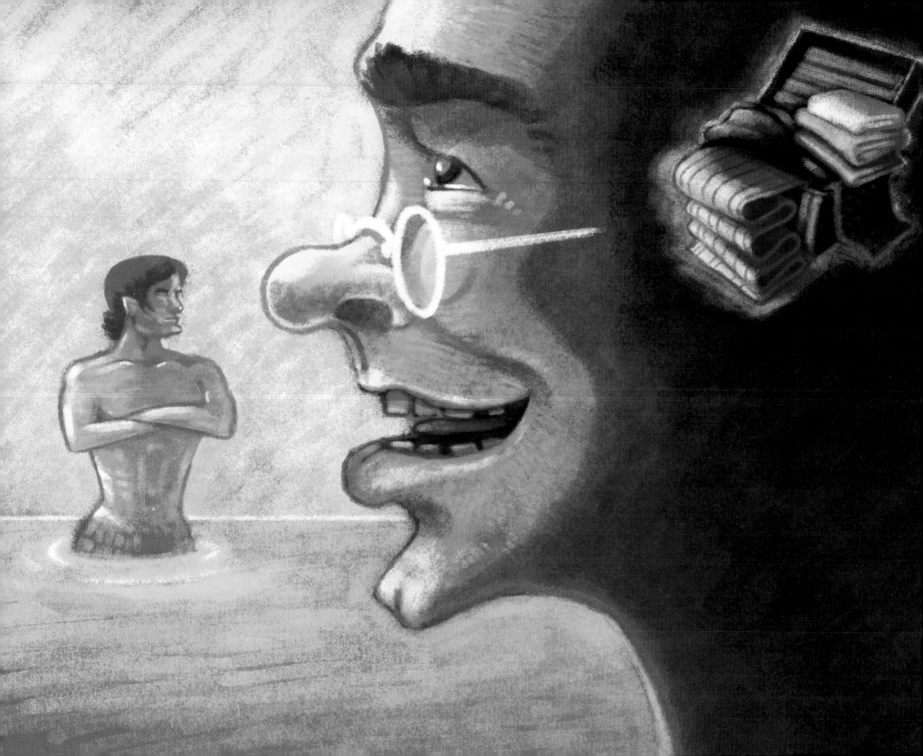

"B'fhéidir gur thug, ach cad faoin snáth, agus cnaipí mo shin-sheanmháthar?" arsa Taidhgín. "Cuir uait. Níl ann ach an ceart. Mise a rinne an cóta, ní tusa. Ní bheidh mé dian ort."

Shín Taidhgín glic an cóta don fhear mara ansin le triail a bhaint as ar feadh nóiméid. Nach é a bhí galánta!

"Seo anois," arsa Taidhgín agus an cóta á bhaint den fhear mara arís, "má líonann tú an cófra beag a fhágfas mé ar an ngaineamh, le hór, féadfaidh tú an cóta a thógáil leat. Is airgead atá uaim chun bia agus éadach a cheannach, agus ní sliogáin."

D'éirigh an fear mara an-chrosta arís. Lig sé racht de chaint na farraige as, cineál plobaireachta, agus d'imigh sé leis.

Thug Taidhgín amach as an teach an bosca ina choinníodh sé a chuid éadach agus d'fhág ar an ngaineamh é. Chuaigh sé ar ais sa teach agusdhún sé an doras. Chuir sé an cóta nua faoin bpiliúr aige agus chodail sé go sámh.

Amach leis ar maidin agus fuair sé an bosca lán de bhoinn aisteacha. Bhí siad brocach salach, ach ba ór iad go deimhin! Bhí ríméad ar Thaidhgín. Tharraing sé an bosca isteach ón taoide agus chrom sé ar na boinn óir a scaradh ón bhfeamainn agus iad a ghlanadh.

Nuair a bhí na boinn ar fad glanta aige, thug Taidhgín an cóta síos go dtí an trá. Chuir sé meáchan carraige air, chuir a lámha lena bhéal agus ghlaoigh os ard –

# "Hóigh!"

I bhfaiteadh na súl, amach leis an bhfear mara as an uisce. Sciob sé leis an cóta agus ar ais leis go beo san fharraige.

"Sin sin," arsa Taidhgín. Ach cad a dhéanfadh sé anois leis na boinn?

"Seo tasc don seansagart. Is fear cliste seiftiúil é," ar seisean leis féin. Rinne sé lán doirn de na boinn ársa, chuir isteach i mála iad agus thug sé aghaidh ar an mbaile mór.

Bhí an seansagart ag ullmhú an dinnéir dó féin. Bhí an ganntanas bia céanna air siúd agus a bhí ar gach duine eile.

"Suigh síos, a Thaidhg," ar seisean, "agus beidh cabáiste bruite againn don dinnéar."

"Ní dinnéar atá uaim, a athair, ach comhairle. Níl mé in ann a dhéanamh amach ar chor ar bith cén chaoi le seanór na mara a athrú go harán do mhuintir an bhaile bhig seo, agus síol don talamh."

Ansin d'fholmhaigh sé an mála bonn óir ar an mbord agus d'inis sé a scéal.

Nuair a bhí deireadh ráite, d'fhan an seansagart ina thost ar feadh tamaill mhaith.

"Bhuel, a Thaidhg," ar seisean ar deireadh, "nílimse féin in ann é sin a oibriú amach ach an oiread, ach tá cara agam a bhfuil banc aige. Cuirfimid ceist air siúd."

Gan a thuilleadh moille, cuireadh úim ar an tseanláir ghlas agus thiomáin siad beirt go dtí an baile mór. Bhí an mála bonn ina phóca ag Taidhgín.

Duine cóir, macánta, stuama a bhí i gcara an tseansagairt, fear a bhunaigh an banc chun cabhrú leis an bpobal a gcuid airgid a chur i dtaisce. Ach ó tháinig an bhochtaineacht agus an t-anró is beag a bhí á chur isteach agus bhí an chuid is mó dá raibh ann tarraingthe amach le fada.

Nuair a chonaic an baincéir na seanbhoinn rinne sé a dhianmhachnamh ar feadh tamaillín. Ansin dúirt sé go bhféadfadh sé na boinn a aistriú go gnáthairgead na linne sin.

Bhí gliondar ar Thaidhgín ach toisc go raibh daoine ann nár chreid go raibh a leithéidí agus fir mhara nó maighdeana mara ann, agus a déarfadh b'fhéidir gur ghoid siad na boinn, d'aontaigh siad go mbeadh sé ina rún idir an triúr acu.

D'ith Taidhgín suipéar cabáiste i dteach an tsagairt arís an oíche sin agus shíl siad beirt go raibh sé blasta.

Tharla gach ní mar a bhí súil ag Taidhgín leis. Thug an t-ór bia don bhaile mór; síolta do na feirmeoirí; báid agus eangacha nua do na hiascairí agus obair do na fir agus mná óga.

Bhí rath agus séan agus toradh ar an saol de bharr ór an fhir mhara – nó de bharr an chóta a rinne Taidhgín dó, d'fhéadfá a rá.

Tháinig bláth ar ghnó Thaidhgín freisin. Bhí a oiread sin cultacha le déanamh aige is go raibh air printíseach a fhostú.

Shíl sé uair amháin go bhfaca sé an fear mara arís ach ní raibh sé cinnte arbh é an fear mara céanna a bhí ann nó ceann eile.

Ba chuma, fad agus bhí gach duine sona sásta.

Agus bhí, go deimhin.